AF595584

ASESINATO EN LAS CARTAS

CUENTOS DE NIKI DUPRE LIBRO 1

JIM RILEY

Traducido por

ALICIA TIBURCIO

Derechos de autor (C) 2020 Jim Riley

Diseño de Presentación y Derechos de autor (C) 2021 por Next Chapter

Publicado en 2021 por Next Chapter

Arte de la portada por CoverMint

Textura de la contratapa por David M. Schrader, utilizada bajo licencia de Shutterstock.com

Este libro es un trabajo de ficción. Los nombres, personajes, lugares e incidentes son producto de la imaginación del autor o se usan de manera ficticia. Cualquier parecido con eventos reales, locales o personas, vivas o muertas, es pura coincidencia.

Todos los derechos reservados. No se puede reproducir ni transmitir ninguna parte de este libro de ninguna forma ni por ningún medio, electrónico o mecánico, incluidas fotocopias, grabaciones o cualquier sistema de almacenamiento y recuperación de información, sin el permiso del autor.

Al más bello
Siempre lo fuiste y siempre lo serás
Lo único seguro de la suerte es
que cambiará.

Bret Harte
(1836-1902; *autor y poeta estadounidense*)

La verdadera suerte no consiste en
en tener la mejor
de las cartas en la mesa;
el más afortunado es
el que sabe
justo cuando hay que levantarse e irse a casa.

John Milton Hay
(1838-1905, estadista, diplomático, escritor y periodista
estadounidense)

CAPÍTULO UNO

Carol Robertson estaba pasando una buena racha. Nunca los dioses del póker habían sido tan amables con ella. Y menos en un torneo tan grande. La maestra de escuela no podía creer su éxito en el Campeonato Abierto de Poker de Louisiana en St Francisville. Cuando necesitó un siete de tréboles, llegó. Cuando necesitaba el as de diamantes, el crupier le entregó la carta en la cuarta ronda de apuestas.

Al final de esta increíble jornada inaugural, transformó una entrada de diez mil dólares en una de ciento ochenta y cinco mil en fichas. Suficiente para pagar su pequeña casa de dos dormitorios. Sólo quedaban otros ochenta jugadores para llegar a la ronda final.

Después de la mala suerte, incluyendo dos divorcios agrios, Carol tenía ganas de celebrar. Rara vez bebía y lo hacía con moderación. Pero esta noche era diferente. Tenía un motivo para emocionarse. Ciento ochenta y cinco mil motivos. Quería alargar este día todo lo posible.

Muchos otros jugadores habíancomenzado en el bar mucho

antes. Especialmente los que habían sido eliminados del torneo. Algunos de ellos por Carol. Se volvieron para saludar a la pequeña educadora a su llegada.

"Oye, mira a quién tenemos aquí", dijo uno. "¿Puedes hacer que aparezca un loody Mary de la nada como hiciste con esas cartas?"

"Eso quisiera", dijo Carol. "Nunca había tenido tanta suerte en mi vida".

"No, querida", dijo otro. "Una o dos veces al día es suerte. Acertar cada vez en la cuarta ronda de apuestas es otra cosa".

Carol solo pudo asentir. La carta de la última apuesta era la última carta revelada de las cinco que había en el tablero. Cada jugador utilizaba esta carta más las dos individuales que tenía para formar una mano. La mayoría de estas cartas repartidas en el torneo mejoraron su mano enormemente.

"¿Qué estás diciendo?" preguntó Carol.

"¿Con quién te acuestas para conseguir siempre la carta perfecta?" La mujer sonrió. "Debes ser mejor en la cama de lo que pareces".

Carol no podía controlar su temperamento. Ese había sido un problema en sus matrimonios fallidos. Ahora era un problema aquí. Acababa de tener uno de los mejores días de su vida, y esta señora, Ann Clement, la hacíaparecer como que si hubiese hecho trampa.

"Ann, retira lo dicho ahora mismo", gritó Carol. "Tuve un díaestupendo. Tal vez si no fueras una puta que se acuesta con cualquier cosa que tenga pantalones, también tendrías uno de vez en cuando".

La única descripción adecuada de la acción que siguió sólo podría llamarse una pelea de gatos. La docena de mujeres retrocedió arañando y rasguñando con fuertes gritos y maldiciones. Se arrancaron el pelo de raíz. Se arañaron los ojos.

Intentaron estrangularse unas a otras. Se desahogaron con mucha frustración. Ninguna de ellas sabía por qué se estaban peleando. Simplemente parecía que era lo que había que hacer.

CAPÍTULO DOS

Carol se despertó a la mañana siguiente como con tambores retumbando en sus oídos y detrás de sus ojos. No se había sentido tan mal desde que Jim LaFleur le puso alcohol al ponche en su baile de graduación y la convenció de que se tomara media docena devasos. Entonces era mucho más joven y se recuperó tras regurgitar el veneno.

Arrastró su cuerpo fuera de la cama y miró el despertador. Ver los números la puso más sobria que querer vomitar. La profesora tenía sólo veinte minutos para llegar al complejo para la mesa de póquer. Se puso ropa limpia, tomó algunas mentas para el aliento y salió.

La carretera le jugó una mala pasada. Las curvas parecían no terminar nunca y se cortaban de repente. El Ford Mustang de Carol zigzagueaba por toda la carretera y a veces por las banquinas. No tener un accidente tuvo que ser un milagro. Quizá los dioses del póquer seguían con ella.

Carol entró con diez minutos de retraso en el gigantesco vestíbulo, con los ojos rojos como mapas de carretera. Al tercer intento, localizó el cajero.

"Buenos días, señora Robertson", la saludó alegremente el joven que estaba detrás de la portería. "¿Está lista para otro gran día?"

Su voz rechinaba en sus propios oídos. Alguien clavando clavos en ellos habría sido menos doloroso. El parloteo nunca cesaba en la mesa de una mujer mientras jugaba al póquer. Carol sabía que no podría soportar las interminables bromas en su estado. Por desgracia, tendría que soportarlo.

CAPÍTULO TRES

"Señora". Un caballero vestido de traje gris a rayas apareció a su lado. Estaba demasiado bien vestido para ser un miembro de la seguridad de la casa.

Al principio, Carol giró en sentido contrario. Luego corrigió y lo confrontó.

"Lo siento, no tengo tiempo para hablar. Ya estoy tarde para mi mesa".

"¿Es usted Carol Robertson?" preguntó.

"Sí, soy yo", respondió Carol. "¿Y quién demonios es usted?"

"Soy Steve Harris del Departamento del Alguacil de Distrito de West Feliciana ". Sacó una placa y la mostró. Sus ojos borrosos no pudieron enfocar la estrella. Apenas podía distinguir sus rasgos. Asintió con la cabeza.

"Necesito hacerle algunas preguntas, Sra. Robertson".

"Bien, pero no ahora", respondió Carol. "Si esto es por el fiasco de anoche en el bar, entonces yo no soy la que lo empezó. Solo soy la que lo terminó".

"Mis preguntas involucran a una participante. ¿Recuerda haber golpeado a Ann Clement?"

"Sí. Golpeé a la puta tantas veces como pude antes de que nos pudieran separar. La odio a muerte y puede decírselo de mi parte". Carol trató de empujar al detective.

Steve Harris se mantuvo firme.

"¿Cómo estaba Ann la última vez que la vio?"

"Como la perra azotada que era. Pateé su gordo trasero por todo el bar".

"¿Pero ella estaba viva y bien la última vez que la vio?", preguntó.

"Seguro que sí, pero no porque no lo haya intentado. Le di a la perra con todo lo que tenía tantas veces como pude".

Harris sonrió y sacó un juego de esposas de su cinturón.

"Esto me parece una confesión".

"Pero le dije que ella empezó la pelea. Pregúntele usted mismo".

"Ojalá pudiera", dijo Harris. "Ann Clement está muerta".

CAPÍTULO CUATRO

Ham Álvarez lanzó un golpe seco a la cabeza de Niki Dupre. El cual se quedó en el aire. La cabeza de la pelirroja ya estaba detrás del mayor de los tres hermanos.

Ham, Sham y Bam Alvarez entraron en un almacén, con la esperanza de robar algo de valor. Cualquier cosa que pudiera ayudar a pagar más metanfetamina. La adicción es terrible, y los hermanos tenían una terrible adicción a la droga.

Su error fue elegir un almacén vigilado por la Aseguradora Red Stick. Esta empresa tenía contratada a Niki, una investigadora privada, para indagar sobre cualquier pérdida, ya fuera por fraude o por robo. Cuando sonó la alarma, llamaron inmediatamente a la detective de piernas largas.

Niki llegó mientras el trío salía a trompezones del edificio. Si hubieran estado sobrios, habrían reconocido a la famosa detective. Sus hazañas en la Isla Espíritu le habían valido la aclamación nacional. Pero los adictos a la metanfetamina no tienen miedo. Cuando vieron a la delgada dama, se rieron.

"Deténganse ahí, chicos", dijo Niki, sin el arma a la vista.

"¿Y quién va a detenernos?" Ham balbuceó.

"Yo". Niki se acercó un paso más.

"No eres más que una mujercita. ¿Tienes una pistola o algo así?"

"Tengo una, pero prometo que no la usaré", dijo Niki.

Ham miró a sus hermanos y se rió como un preadolescente a pesar de que todos tenían más de treinta años.

"Chicos, estamos a punto de comer el postre".

Entonces se abalanzó sobre Niki con una derecha lenta. Para cuando se dio cuenta de que ella no estaba delante de él, Sham y Bam se estaban retorciendo en el pavimento. Cuando Ham se dio vuelta, el pie de Niki le atrapó la barbilla, haciéndole torcer su cuello.

Antes de que Niki pudiera hacer más daño, sonó su teléfono móvil.

CAPÍTULO CINCO

"NIKI, TIENES QUE AYUDARME", gritó Carol. "Están diciendo que yo maté a Ann Clement. Pero yo no lo hice".

La maestra convocó a Niki, la detective privada más cotizada de Luisiana, con la única llamada telefónica permitida. La pelirroja de piernas largas entregó el caso de robo a la policía local y se dirigió rápidamente a la comisaría de St. Francisville.

"Esto no es lo que le dijiste al detective de homicidios", dijo Niki mientras miraba la lamentable figura al otro lado del cristal. "Le dijiste que querías matar a Ann".

"Estaba bastante enfadada, eso es seguro". Carol agachó la cabeza. "Sólo estaba desahogándome".

"El diagnóstico preliminar es un coágulo de sangre detrás de su oreja izquierda. ¿Recuerdas haberla golpeado ahí?"

"No ", admitió Carol. "Después de la refriega, calmé mis nervios con unas cuantas copas. Unas pocas se convirtieron en muchas. Lo siguiente que recuerdo es despertarme en mi cama con la madre de todos los dolores de cabeza. Podría haber matado a una docena de personas sin recordar a ninguna".

"¿Así que no puedes estar segura de que no mataste a Ann?"

"No podría haber golpeado a la perra lo suficientemente fuerte como para matarla. No soy como tú. No sé toda esa mierda de las artes marciales. Todavía peleo a la antigua. La golpeé con mis puños".

"Vamos a retroceder. A partir de ahora, cuando te refieras a Ann, hazlo como amiga o conocida, no como *perra*. ¿Entendido?"

"Pero eso es lo que ella era. Que esté muerta no cambia lo que la perra era cuando estaba viva".

"Ya le has dicho lo suficiente al detective Harris quien volverá a perseguirte en el tribunal. No tiene sentido seguir añadiendo más", dijo Niki.

La investigadora privada esperó a que Carol asintiera antes de continuar.

"¿Estás segura de que golpeaste a Ann con tus puños?"

"Diablos, no lo recuerdo. Intentaba abofetearla. No recuerdo si la golpeé con los puños o la abofeteé con la palma de la mano".

"Entonces no le digas a nadie que lo hiciste", dijo Niki. "Es prácticamente imposible abofetear a alguien con la suficiente fuerza como para provocar una hemorragia ósea, pero un puño con la suficiente fuerza puede hacerlo fácilmente".

"Oh, Dios mío". Carol casi se cae de la silla. "¿Estás diciendo que yo podría haber matado a la -mi amiga?"

CAPÍTULO SEIS

"¿Tienes las imágenes de las cámaras de seguridad? preguntó Niki.

La detective independiente llegó a su casa, que hacía las veces de oficina. Donna Cross, su socia y amiga, terminó un trozo de pizza antes de contestar. La rubia pechugona no se parecía en nada al típico detective privado. Pero eso poco importaba ya que podía hackear cualquier base de datos del mundo sin dejar rastro. En lugar de pedirle al centro turístico o a la policía que le proporcionaran la grabación del vídeo, Niki se lo pidió a Donna.

"¿Los hombres piensan en sexo todo el tiempo?" Donna sonrió. "Lo tenía antes de que llegaras a la cárcel de West Feliciana. Estoy esperando a que lo revises".

"Ruédalo, ruédalo, ruédalo, en crudo", Niki rió entre dientes, mirando por encima del hombro de su amiga.

Tres cámaras habían logrado captar la mayor parte de la acción en el bar. Dos dentro y una fuera en el pasillo. Esa es la que mostraba a Carol llegando con una gigantesca sonrisa.

"No parece que busque pelea", dijo Donna mientras tomaba otro trozo de pastel italiano. "Supongo que estaba de humor para celebrar".

"Eso es lo que me dijo", asintió Niki. "Pero Ann la acusó de haberse acostado con el crupier para conseguir buenas cartas y el humor de Carol se vino abajo enseguida".

"No veo cómo eso sería posible. Veo el póquer en la televisión y cambian los crupieres con regularidad. También hacen que los jugadores cambien de mesa todo el tiempo. ¿Cómo podría un crupier elegir sus cartas todo el día?"

"Exactamente", dijo Niki. "Las acusaciones son infundadas. Es imposible que la casa haya ayudado a un jugador por encima de todos los demás. Estarían fuera del negocio en menos de una semana si eso fuera cierto".

Donna señaló la pantalla.

"Ahí está. He cambiado a la cámara que enfoca la entrada. Se ve feliz como una alondra".

"No me extraña", rió Niki. "Acababa de ganar más de lo que podría haber ganado en tres años trabajando como maestra de escuela en Zachary. No estoy segura de cómo consiguió el dinero parala inscripción".

"Eso podría ser algo a investigar", continuó Donna manipulando el cursor mientras tomaba otra porción de pizza. “Aquí es cuando Carol empezó el enfrentamiento. La señora con el pelo prematuramente canoso es Ann Clement".

Niki observó con atención. La grabación no tenía ningún componente de audio, pero era evidente que Carol y Ann estaban discutiendo. Las palabras exactas importaban menos que el fervor con el que se pronunciaban.

"No sabía que las mujeres hablaran así", dijo Donna.

"La mayoría de nosotras no", respondió Niki. " Si te sentaras en el banco de atrás en la Iglesia Bautista te sorprenderías".

"No sé nada de eso", sonrió Donna. "Deberías sentarte ahí atrás de vez en cuando. Es increíble todos los secretos que salen entre los '*amenes*' de los bancos de delante".

CAPÍTULO SIETE

"Eso ayuda", dijo Niki. "En el video es obvio que Ann Clement lanzó el primer golpe. Retrocede unos ocho segundos y veámoslo de nuevo".

Donna concordó. Las dos amigas escudriñaron el inicio de la pelea en cámara superlenta. Nada cambió con respecto a la versión de velocidad real del encuentro. Volvieron a cambiar a la velocidad normal y dejaron que la cinta siguiera su curso.

La pelea terminó cuando dos fornidos guardias de seguridad sacaron a las mujeres del tumulto. Las frustradas mujeres, muchas de las cuales habían perdido todas sus apuetas, no se lo pusieron fácil. Siguieron golpeando a las otras mujeres y a los guardias de seguridad. Desahogar la ira y la decepción era más importante que la identidad de sus víctimas.

Carol Robertson estuvo en medio de la pelea desde el principio hasta el final. La profesora arremetió hasta que un guardia le inmovilizó los brazos a la espalda. Ann Clement fue la última persona en ponerse en pie desde el fondo del montón. Los arañazos cubrían sus brazos y su cara.

Ann había perdido la batalla desde cualquier perspectiva.

Ella lo sabía. La mujer escupió a Carol Robertson al pasar. Cuando Carol contraatacó, Ann volvió a cargar contra la maestra inmovilizada. Golpeó a Carol dos veces antes de que Robertson se liberara del guardia de seguridad.

Entonces sucedió. El corazón de Niki se hundió. Carol propinó un puñetazo justo detrás de la oreja de Ann.

CAPÍTULO OCHO

El golpe tiró al suelo a la mujer de pelo canoso y el agente volvió a agarrar a Carol. Esta vez, le puso un par de esposas en las muñecas. En cuanto se apartó, Ann saltó del suelo y volvió a golpear a Carol. El hombre fornido se interpuso entre la pareja y retuvo a Ann.

Atrapó el puño de Ann en el aire y le movió el brazo hacia la espalda. Ann se retorció y le dio una patada en la canilla. Con sólo una pierna buena, se defendió de la dama de pelo gris. Su compañero, al ver al guardia en apuros, rodeó a Ann con dos brazos fornidos y la levantó del suelo. Luego la volvió a tirar.

"Sólo vi un golpe que pudo causar la hemorragia", dijo Niki. "Puede que haya habido muchos más en medio del montón".

"Es imposible que un jurado condene a Carol basándose en esas imágenes", dijo Donna, tomando una alita de pollo. "Si no hay nada más, ella se involucró en defensa propia. Ella tiene ese derecho".

"Tenemos dos cosas en contra", dijo Niki.

"¿Cuáles dos?"

"No podemos negar que Carol golpeó a Ann en el lugar adecuado para causar daño".

"Pero puede haber un montón de esos golpes que no pudimos ver". Donna mordió otra ala.

"Ese es el problema", asintió Niki. "No los vimos y tampoco lo hará el jurado que decidirá la culpabilidad o inocencia de Carol".

"Ya veo lo que dices". Donna sujetó un trozo de pan de queso. "¿Cuál sería la número dos?"

"Carol es la que se acercó a las otras mujeres. Tendríamos un mejor caso si ella hubiera estado allí primero. Se podría interpretar que vino a burlarse de ellas".

"Pero ella sólo iba al bar a celebrar. Ese era el más cercano. No hay nada nefasto en eso".

"A menos que esté en manos de un fiscal experto que quiera más protagonismo culpando a un acusado en un caso de asesinato. Entonces es nefasto".

"Podemos superar ambos problemas", dijo Donna.

"Hay un tercer problema. Carol es de Zachary".

"¿Y qué?" Preguntó Donna. "¿Qué diferencia hay?"

"A la gente de St. Francisville no le gustan los ciudadanos de Zachary. Los consideran artificiales y sin clase".

"Quizá deberíamos ir a comer a la pizzería de arriba y preguntar a unos cuantos", dijo Donna.

"Has estado comiendo desde que llegué".

"Esos eran aperitivos. Estoy lista para una comida".

Donna ya se estaba dirigiendo a la puerta antes de que Niki pudiera objetar.

CAPÍTULO NUEVE

"Detective Harris, gracias por recibirme", dijo Niki.

Se sentaron en una sala de interrogatorios en la Oficina del Alguacil de West Feliciana.

"No hay problema", respondió el apuesto detective. Harris llevaba el mismo traje gris que había usado cuando arrestó a Carol Robertson. Su fuerte mandíbula y sus poderosos brazos sugerían una dieta disciplinada y un régimen de ejercicios. Su semblante insinuaba innumerables secretos que nunca podrían revelarse.

Continuó. "Siempre he querido conocerte. Me gustaría ver si tu reputación es exagerada o ganada".

"No sé a qué parte de mi reputación te refieres, pero te aseguro que me he ganado mis honorarios en todos los casos".

"Ese es el problema", dijo Harris. "Nadie es tan bueno. Según mi mujer, meto la pata todo el tiempo. Ella lleva una lista y siempre me recuerda mis defectos".

"¿Por eso ya no estás casado?" preguntó Niki.

"¿Qué demonios?" Steve miró entonces la pálida banda de

piel que rodeaba su dedo. Volvió a mirar a Niki, "Eres muy observadora".

"Y echas mucho de menos a tu mujer. Esperas volver pronto con ella", dijo Niki.

"No-Sí-¿Cómo demonios lo sabes?"

"Porque sigues masajeando tu dedo esperando que el anillo aparezca mágicamente. Eso significa que esperas que tu esposa también aparezca".

Harris sacudió la cabeza y cambió de tema.

"Espero que estés aquí para discutir un acuerdo de culpabilidad. No estoy seguro de querer que le cuentes al mundo todos mis secretos en un tribunal abierto".

"¿Has visto ya las imágenes del vídeo? Muestra que agredieron a Carol primero. Ella tiene el derecho constitucional de defenderse".

"Lo vi", dijo Harris. "Tu cliente se acercó a las otras mujeres en el bar. El video muestra que ella hizo gestos a las otras, tal vez presumiendo de su gran día".

"Presumir no es ilegal. ¿Cuántas veces no has presumido a tu hijo en un campo de béisbol?"

"¿Cómo es posible?" Harris se miró las manos, preguntándose si lo habían traicionado una vez más. "¿Cómo sabes lo de Tim?"

"Es sencillo", respondió Niki. "Estás evitando la pregunta. ¿Por qué asumes que Carol infringió la ley al alardear?"

"Es extraño". Harris examinó cada uno de los objetos de su escritorio. "Se llama incitar un disturbio. Se produjo un motín poco después de que Carol Robertson entrara en la sala".

"Eso no la hace responsable", dijo Niki. "Ann Clement lanzó el primer golpe".

"Pero la Sra. Robertson dio el golpe fatal. Tuviste que ver eso en tu video robado".

"No sabemos eso", argumentó Niki. "Estoy de acuerdo en

que Carol golpeó la sien de la víctima. Sin embargo, eso no significa que ese fuera el golpe fatal. Puede haber habido otros".

"Buen intento, Niki. Pero prefiero seguir las pruebas que puedo ver sobre las que no puedo."

"Estoy de acuerdo. Puedo ver cosas que otros no ven", dijo Niki.

La pelirroja se levantó y se dirigió a la puerta antes de detenerse y regresar. "Tu hijo es un buen bateador, pero solo es una liga infantil. En la Liga Pony ellos lanzan bolas curvas".

CAPÍTULO DIEZ

Niki no obtuvo todo lo que quería de la reunión, pero sí algunas cosas. Entre ellas, los nombres de dos mujeres que jugaban al póquer con Carol y que también estaban en el tumulto del bar. Tenía que encontrar a Crystal Mayes y Louise Drake.

Crystal estaba jugando en la mesa final cuando llegó Niki. Ella lideraba a los demás jugadores en fichas acumuladas. La mujer regordeta de poco más de veinte años prestaba poca atención a su aspecto. Se había cortado el pelo justo por encima de los hombros. No llevaba maquillaje y vestía como una vagabunda de la calle.

Su enfoque del juego rayaba en lo bizarro. La mujer de baja estatura miraba fijamente cada carta repartida a los demás jugadores. Algunos aficionados daban una pista de las cartas que tenían, bien con una rápida sonrisa o con un brillo instantáneo en los ojos. Este conocimiento le dio a Crystal una gran ventaja cuando el resto de las cartas llegaron a la mesa. En el Texas Hold 'em, cada jugador recibe dos cartas que no comparte con los demás. Luego, el crupier entrega cinco cartas; tres, una y una, con apuestas entre los jugadores.

La primera ronda de apuestas se produce cuando los jugadores reciben las cartas en mano. Una pareja de ases, o "*balas*", es la mejor mano inicial. La segunda ronda tiene lugar después de que se reciben las tres cartas, cuando el crupier reparte esas cartas que cualquiera de los jugadores puede utilizar para formar una buena mano. La tercera ronda se produce después de que se reparte la cuarta carta, la cuarta ronda . Las apuestas finales tienen lugar después de que se reparta la quinta y última carta, *la última apuesta.* Las fortunas se hacen y se pierden con la carta de esta última apuesta.

La esencia de la diversión en el póquer es tratar de averiguar si una mano puede vencer a otra sin ver las cartas en poder del otro jugador. Muchos profesionales han perfeccionado el arte del engaño. Incluso con manos inferiores, intimidan con su control de la jugada. Rara vez un jugador tiene la mejor mano disponible, por lo que todos son vulnerables a un buen engaño.

Niki observó a Crystal durante varias manos. En su mayoría, la morena jugaba un juego conservador. Eso significa que jugaba sus manos, apostando por las cartas favorables y retirando las otras. De vez en cuando, rompía el patrón.

En una mano, Niki vio sus dos cartas en mano cuando Crystal las miró. El dos de picas y el siete de diamantes formaban su mano. Esta pareja, un dos-siete fuera de juego, se considera la peor carta de salida en el póquer. Las posibilidades de hacer escaleras de color y de pareja se reducen mucho con ellas.

Crystal apostó las dos cartas como si hubiera sacado "*balas*", o dos ases. El jugador que la precedía aumentó la apuesta lanzando una ficha verde de doscientos cincuenta. Sin dudarlo, Crystal lanzó una ficha azul de mil dólares encima del montón.

Eso significaba que los otros siete jugadores tenían que igualar la ficha azul. El que había hecho la apuesta original tenía que lanzar más fichas por un total de setecientos cincuenta dólares.

Todos retiraron sus cartas, excepto la persona que hizo la apuesta original. Ella lanzó su propia ficha azul, aumentando la oferta de Crystal en doscientos cincuenta dólares. De nuevo, sin dudarlo, Crystal lanzó tres fichas azules.

El sudor se formó en la frente de la otra jugadora. Volvió a mirar las cartas en mano. Luego miró a Crystal, incapaz de leer nada en la expresión de la rechoncha dama. Aceptó la subida y esperó las tres cartas.

Esas cartas no ayudaron a Crystal. Un diez de diamantes, un cuatro de picas y una jota de corazones. Aun así, Crystal se adelantó con una apuesta de cinco mil dólares. La otra jugadora miró sus cartas. Tenían que ser buenas para durar tanto. Pero no las mejores. Niki supuso una pareja de reyes o reinas, dando a la otra jugadora la mejor mano aparente. Niki sabía que la otra persona tenía la mejor mano.

Después de la cuarta carta, Crystal continuó con la farsa. Apostó otros cinco mil a pesar del seis de corazones y el diez de tréboles. Lo más alejado de la ayuda que podía llegar a la mano de Crystal. La otra mujer igualó de mala gana la subida.

Entonces llegó la quinta carta. Crystal sonrió como si los dioses del póquer le hubieran hecho el regalo de su vida con el ocho de tréboles mostrado. La otra jugadora negó con la cabeza. Esta vez Crystal apostó veinte mil dólares a pesar de que su mano no valía nada. La otra jugadora parecía que iba a llorar. Se retiró teniendo la mejor mano. Niki lamentó no haber entrado en el juego.

CAPÍTULO ONCE

Niki esperó a que Crystal se tomara su descanso para comer. Los responsables del torneo escalonaban los descansos, asegurando una acción constante en la pista. La detective de piernas largas siguió a la jugadora hasta el pequeño comedor adyacente a las mesas. La mayoría de los jugadores tomaron sus pedidos en los bancos situados bajo los encinos en el exterior. La detective siguió a Crystal hasta uno de ellos.

"Buen juego el de ahí dentro". Asintió Niki hacia las mesas.

"Gracias", asintió Crystal. "Tuve suerte de que no me ganara".

"¿Por qué dices eso?" Preguntó Niki. "Tu no sabes las cartas que ella tenía".

"No hace falta". La jugadora abrió el envoltorio de una ensalada de atún. "Sé lo que yo tenía en la mano. Eso es todo lo que necesitaba saber".

"Parece divertido. Me gustaría haber entrado".

"Todavía puedes. Sólo que ahora tienes que conseguir fichas por valor de veinte mil dólares si entras tarde. Quieren que sea justo para todos".

"El valor de dos días", dijo Niki. "¿Puedo tener más?"

"Puedes llegar a la media de los jugadores restantes. Creo que anda alrededor de los sesenta mil".

"Puede que lo haga", dijo Niki antes de cambiar de tema. "¿Qué tan bien conoces a Carol Robertson y Ann Clement?"

Crystal dejó de masticar.

"Conocí a Ann y conozco a Carol. Es una pena. No podía creerlo".

El tono de voz de Crystal le pareció extraño a Niki.

"¿Por qué se pelearon las dos? ¿Tenían mala relación antes?"

"Creo que se puede decir que no se querían. Ann pensaba que era la mejor jugadora de Luisiana y se lo dijo a Carol en más de una ocasión. Carol le dijo que eso era una tontería".

"¿Lo era? Quiero decir, ¿era Ann la mejor jugadora del estado?"

"Uno de las mejores. Varias de nosotras podemos ganar si tenemos las cartas adecuadas. Si sacamos las manos adecuadas, no es tan difícil ganar".

"¿Cómo les fue en este torneo?" preguntó Niki.

"Ambas estaban entre las cinco primeras al final del primer día. Carol tenía una ventaja sobre Ann".

"¿Así que a Ann le molestó que su antagonista tuviera más fichas? ¿Por eso se pelearon?" preguntó Niki.

Crystal asintió. "Ahora ninguna de ellas ganará. ¿Encontró la policía el dinero extra de Carol?"

"¿Dinero extra?" Niki respiró profundamente. "¿De qué dinero extra estás hablando?"

"Carol trajo cuarenta mil dólares extra en caso de que se encontrara con una mala racha. Ella pagaría de nuevo"

Era la primera vez que Niki oía hablar de la desaparición del dinero. Ahora tenía una pista que seguir.

CAPÍTULO DOCE

"Detective Harris, le habla Niki Dupre", dijo ella en el celular.

"Bueno, hola y ¿qué faceta de mi vida vas a develar hoy para que todo el mundo la vea? ¿Algo retorcido?" preguntó el apuesto detective.

"No creo que una taza de café y una tarta de chocolate para desayunar sean algo retorcido. ¿Y tú?"

"¿Cómo...?" tragó saliva.

Niki se imaginó al policía examinando su camisa, su abrigo y su corbata en busca de manchas. No encontraría ninguna.

"No es tan importante, pero tengo una pregunta. ¿Le encontraste algún dinero extra a Carol Robertson cuando la arrestaste?"

"¿Ella no lo recuerda?" preguntó Harris.

"Carol no recuerda mucho desde la pelea. ¿Tenía dinero extra con ella?"

"Tenía algo más de dos mil dólares en su cartera y cuarenta mil bajo el asiento de su coche. Lo tenía atado con un hule. Esa es una pregunta que tengo para ella. ¿De dónde salió ese dinero?"

"¿No sabes de dónde lo sacó?" preguntó Niki.

"Mi suposición es que era de la víctima, pero no puedo confirmarlo todavía. ¿Quieres decirme que tengo razón o me harás trabajar un poco más?"

"La mayoría de la gente aprecia las cosas que se gana", dijo Niki. "Creo que voy a dejar que ganes esta por tu cuenta. Vas por buen camino".

"¿Cómo sabes en qué pista estoy?"

"Porque te conocí y ahora sé muchas cosas sobre ti". Niki no quiso decirle al apuesto detective que había leído el expediente que estaba sobre su escritorio. Tampoco reveló que había hablado con Crystal Mayes antes de que él llegara a la sala de juegos.

"Amiga, ¿alguien te ha dicho alguna vez que tú eres extraña?"

"Sólo mi prometido", sonrió Niki. "Sigo diciéndole que si realmente quiere ver lo aterradora que puedo ser, que espere a que nos casemos".

"No dormiría por la noche si me casara contigo", dijo Harris. "Eres peor que algunos de los psicópatas que he encerrado".

"Sólo si tienes algo que ocultar, detective Harris. ¿Lo tienes?"

CAPÍTULO TRECE

A LOS POCOS minutos de terminar la llamada con Harris, Niki tenía sesenta y dos mil dólares en fichas. Ocho jugadores ocupaban la mesa que se les habían asignado, y ella ocupó la única silla disponible. Crystal Mayes no era una de las ocho, pero Louise Drake sí. El juego de la aspera pelirroja consistía en agresividad y más agresividad. Le recordaba al detective a una chihuahua que no deja de ladrar. Apostó en casi todas las manos sin tener en cuenta sus cartas.

La estrategia le había dado buenos resultados a Louise hasta ahora en el torneo. Tenía el doble de fichas que cualquier otra persona en la mesa, tres veces más que Niki. En la primera mano que jugó la pelirroja, la profesional del póquer subió las apuestas a ciegas a seis mil. Miró fijamente a la detective mientras ponía las fichas inicialesen el bote.

Niki miró sus cartas, un rey y una reina de corazones. La detective aceptó la subida en la apuesta, pero no ofreció una propia. Solamente otro jugador pagó para continuar la mano.

Las tres cartas sobre la mesa revelaron el rey de picas, el rey de diamantes y el seis de tréboles. Los tres reyes daban a Niki una mano formidable, imbatible con las cartas mostradas. La pareja de reyes en la mesa no disuadió a Louise. Se adelantó con una subida de diez mil dólares.

Niki se detuvo, estudiando las dos cartas que tenía en la mano. Cerró los ojos y movió lentamente la cabeza de un lado a otro. La detective contó sus propias fichas y las estudió antes de colocarlas suavemente sobre las otras. El tercer jugador se retiró y dejó a las dos en el juego.

La cuarta carta mostró el tres de corazones, lo que no ayudaba en absoluto a Niki. Miró al otro lado de la mesa y notó la más mínima mueca. La carta no había ayudado a Louise. Sin embargo, la falta de adición a su mano no disuadió a la pelirroja. Tiró veinte mil fichas sobre la mesa como si nada.

Para la delgada detective, igualar significaba arriesgar más de la mitad de sus fichas en el primer bote. Incluso con tres reyes, Niki sentía la tensión en su cuerpo. Se preguntaba si Louise podía verla también. Esperaba que la profesional confundiera eso con miedo. No tenía miedo por las cartas que tenía. Sin embargo, sintió empatía por los otros jugadores que se enfrentaban al estilo agresivo de Louise.

Niki se tomó su tiempo para contar las fichas. Luego se quedó mirándolas durante un tiempo. Sus dedos permanecieron sobre ellas durante varios segundos después de empujarlas hacia el centro de la mesa. La pelirroja miró fijamente a la nueva jugadora, tratando desesperadamente de obtener una lectura de su mano.

Una reina de picas apareció en la quinta carta, dando a Niki un full, la mejor mano disponible con las cartas mostradas. En lugar de sonreír, la detective hizo una mueca y negó con la cabeza. Louise se dejó engañar y apostó treinta mil, sabiendo que su oponente no podría cubrir esa cantidad.

Niki no dudó. Igualó la subida, pero no mostró inmediatamente sus cartas. Eso obligó a Louise a mostrar las dos suyas, un cuatro y un nueve de diamantes. Había sido engañada todo el tiempo. No hubo sorpresa cuando la detective ganó la mano.

Louise miró a Niki al otro lado de la mesa. La detective supuso que no podía esperar que la invitaran a la fiesta de Navidad de la jugadora. Estaba bien. La detective de piernas largas quería conocer a la verdadera Louise Drake. La mejor manera de hacerlo era someter a la jugadora a una presión extrema. Las circunstancias le impidieron hacerlo.

CAPÍTULO CATORCE

Los directores del torneo enviaron a Louise a otra mesa después de que se retirara mansamente en las dos manos siguientes. Niki jugó con un estilo más agresivo de lo normal. Los demás jugadores la habían visto enfrentarse a Louise. No estaban de humor para desafiar los numerosos engaños de la detective.

Al final del día, Niki había acumulado más de un cuarto de millón en fichas, lo que la situó entre los diez primeros jugadores. Depositó el gran saco con el cajero y decidió quedarse. A menudo los chismes ociosos abrían la puerta a la solución de un caso, algo que abundaba con la mezcla de mujeres y alcohol.

Fue al mismo bar donde Carol Robertson había encontrado problemas la noche anterior. Muchas de las mismas mujeres estaban sentadas en las sillas y taburetes, incluidas Louise y Crystal. La primera fue la que dio un paso adelante.

"Esta es una fiesta privada. Nadie aquí te ha invitado o te quiere".

Niki sonrió y dio dos pasos hacia delante.

"Este es un establecimiento público. Tengo el mismo derecho a estar aquí que tú".

"Así no es como trabajamos aquí, perra", la pelirroja escupió. "Las chicas y yo decidimos a quién se invita. Hicimos una votación y perdiste. Vete".

"Lo que tienes que *hacer* es *quitarte de en* medio", respondió Niki mientras intentaba esquivar a la enérgica dama.

Louise extendió la mano y agarró el brazo de la detective, un terrible error. La dejó expuesta a varios contraataques, algunos de los cuales la habrían llevado al hospital en un futuro próximo. Niki, sin embargo, no quería otra pelea. Sólo quería dejar claro su punto de vista.

La experta en artes marciales agarró la muñeca de la jugadora e hizo girar en un círculo a la pequeña mujer. Al mismo tiempo, Niki apretó la garganta de su oponente con su otra mano, frenando la cantidad de oxígeno que entraba en el cuerpo de Louise.

"Podría haberte matado", dijo Niki sin levantar la voz. "No hagas nada para que me arrepienta de no haberlo hecho".

CAPÍTULO QUINCE

Louise y otras dos mujeres salieron furiosas del bar después de que Niki la soltara . Las otras mujeres abrieron paso a la esbelta detective, susurrando entre ellas. La detective ocupó un lugar en la esquina trasera, de cara a la puerta. Desde este punto, nadie podía acercarse a ella sin ser visto. No le preocupaba demasiado ser atacada por las otras mujeres, pero lo hacía por costumbre.

"¿Qué puedo ofrecerle?" preguntó la sobrecargada camarera.

"Tomaré un Dr. Pepper, una hamburguesa y una orden de papas fritas".

"Creí que siempre pedía hígados de pollo fritos", se rió la camarera.

"¿Eh? ¿Cómo sabes de mí?"

"Llevan todo el día los rumores de que la famosa Niki Dupre se ha unido al torneo. Después de ver cómo manejó a esa gritona, supe que era cierto".

"Muy bien", sonrió Niki. "Tomaré tus hígados de pollo fritos".

"No los servimos". La señora se tapó la boca con la carpeta. "Sólo pensé que era lo que siempre pedía ".

"Sólo si está en el menú. Pediré la hamburguesa".

La camarera se fue, sólo para ser reemplazada por otra figura.

"Hola, Crystal", dijo Niki. "¿Estás a punto de pedirme que me vaya?"

"¿Puedo sentarme?" preguntó la señora caderona.

"Claro. Mientras no escondas una escopeta en la manga".

"Odio las armas", dijo Crystal mientras se apretujaba en la butaca. "Aunque he visto que llevas una. La vi cuando tú y Louise se pelearon ".

"Es parte de mi trabajo", dijo Niki sin dar más detalles.

"Así es". Crystal se dio una manotada en el costado de su propia cabeza. "Eres una investigadora privada. Estás aquí para averiguar quién mató a Ann".

Niki asintió.

"Esa parece ser la única manera de probar que Carol no lo hizo. El alguacil está decidido a culparla del asesinato".

"¿Realmente no sabes por qué?"

"Si lo sabes, sería bueno que me lo dijeras".

"Ann es, o era la sobrina del alguacil. Su sobrina preferida, si me entiendes lo que quiero decir. El viejo la adoraba", dijo Crystal.

"¿Estás diciendo que Ann y su tío estaban formando un árbol geneológico sin tener ramales ?" Niki se sentó de nuevo en la butaca.

Crystal asintió.

Después de que la esposa de Clem se fuera, Ann se mudó a su casa al día siguiente".

"¿Cómo les funcionó eso?"

"Bien hasta hace poco", respondió Crystal. "Creo que Ann

se dio cuenta de que estaba desperdiciando sus mejores años con el viejo".

"¿Estaba a punto de dejarlo?" Preguntó Niki. "¿Es eso lo que estás diciendo?"

"Ese es el rumor en la ciudad. Todo el mundo dice que tuvieron una pelea con golpes la noche antes de que ella muriera. Dicen que se puso feo".

La comida de Niki llegó. Le dedicó una gran sonrisa a la camarera.

"Muchas gracias".

"Necesito hacerte una pregunta", dijo Crystal. "No tomará mucho tiempo".

"Voy a comer, de todos modos. Tómate tu tiempo".

"¿Cómo has podido ver tan bien lo que ocurrió con Louise esa noche? Era como si estuvieras mirando a través de sus ojos en vez de dentro de ellos".

"Su lenguaje corporal", respondió Niki. "Fueobvio cuando hizo el engaño ".

"Pero nadie más ha podido verlo", dijo Crystal.

"He tratado con los peores sociópatas del mundo", dijo Niki. "Después de aprender a interpretarlos, descubrir a la gente normal no es tan difícil".

CAPÍTULO DIECISÉIS

Niki dio un mordisco a su hamburguesa mientras veía salir a la jugadora caderona. En su visión periférica, la detective se dio cuenta de que el hombre de la puerta la estaba mirando fijamente. Parecía dudar entre entrar al restaurante o salir.

"Ven y únete a la fiesta", le indicó al detective Steve Harris. "Te recomiendo la hamburguesa. Está buena".

Se sentó incómodo, incapaz de colocar su cuerpo en la posición adecuada para la conversación que se avecinaba.

"Basta, ¿quieres?" le pidió Niki. "Debes haber venido a contarme la mala noticia de que el alguacil presentó cargos contra Carol".

"¿Cómo...?" Jadeó. "Sólo me enteré por él hace siete minutos. Incluso en St. Francisville, la fábrica de rumores no es tan rápida".

"No es tan difícil", dijo Niki. "Estabas junto a la puerta debatiendo si hablar conmigo. Si tuvieras buenas noticias, habría sido una decisión fácil".

"Me gustaría que dejaras de hacer eso", dijo Harris. "Me da

pena tu prometido. Sabrás que tiene una aventura antes de que termine de bajarse la cremallera".

"Por eso es mejor que nunca tenga una ", rió Niki. "¿Por qué no me dijiste que el alguacil Clem y Ann estaban haciendo el acto incestuoso?"

Harris se estremeció visiblemente, todo el aire salió de repente. Cuando se recuperó, su rostro enjuto se volvió oscuro.

"Mataré a Crystal la próxima vez que la vea", dijo bruscamente. "Un día esa bocota la va a meter en problemas".

"Parece que las hormonas del alguacil son más bien un problema", dijo Niki. "¿Es cierto que Ann estuvo a punto de dejarlo?"

"No lo sé", respondió Harris. "No es asunto mío".

"Me permito diferir. Si ese es el caso, el viejo alguacil es tu sospechoso número uno, no Carol Robertson".

"Clem no fue visto provocando una pelea con Ann y luego golpeándola en un lado de la cabeza. Carol fue grabada haciendo ambas cosas".

"Pero Carol no era la que Ann estaba dejando", dijo Niki. "No me digas que nunca se te ocurrió esa idea".

La expresión de la cara de Harris demostraba la respuesta.

"Ahora que tienes un chivo expiatorio al que culpar, no hay necesidad de irritar al alguacil. ¿Es eso?" preguntó.

"No es que no lo haya pensado", suspiró Harris. "Pero eso no es algo que Clem haría. Es un ciudadano derecho".

"¿Estaba derecho cuando jodió a su sobrina?"

CAPÍTULO DIECISIETE

"¿PUDISTE ENCONTRAR ALGO POR TU LADO?" Preguntó Niki.

De vuelta al condominio tras un agotador día en St. Francisville, esperó las pizzas de pepperoni que Donna había pedido. Niki tomó sus dos porciones cuando llegaron y le dio los otros cuatro pasteles italianos más el resto del quinto a su amiga.

"Las redes sociales están alborotadas", contestó la rubia color arena. "El rumor más caliente de Twitter es que vas a dejar el negocio de detective privado y te vas a ir al Torneo Mundial de Poquer. La última encuesta lo sitúa en un setenta por ciento".

"No, gracias", dijo Niki. "Los hombres pueden ser diferentes, pero las mujeres que conocí en St. Francisville no representan ningún desafío".

"¿Sabes cuántas personas en este mundo desearían poder decir eso?" preguntó Donna. "¿Qué, ganar millones jugando a las cartas no es un reto?"

"No quiero degradar a nadie, pero las mujeres que juegan

ahí arriba serían como los Yankees jugando a los Bad News Bears. Son patéticas".

"¿Volverás mañana?"

"No lo sé", respondió Niki. "Iré a ver al alguacil Clem después de comer y veré lo que tiene que decir".

"Eso me recuerda", Donna se limpió la pasta de tomate de la comisura de la boca. "Me preguntaste qué había encontrado hoy".

"Supongo que parte de ello es el alguacil Clem", rió Niki.

"No exactamente, pero casi", respondió la rubia pechugona. "Tiene mucho que ver con la forma en que maneja sus asuntos de negocios".

"Vale, picaré. ¿Qué tiene eso que ver con este caso?"

"Los diez mil dólares de entrada que pagó Ann", hizo una pausa Donna. "Vinieron directamente del Fondo de Invalidez de la Policía de West Feliciana".

CAPÍTULO DIECIOCHO

"Mi ayudante me dice que tiene una extraordinaria capacidad de observación", dijo el alguacil Clem Clement a través de una nube de humo de puro. Según la experiencia de Niki, la mayoría de los hombres disfrutaban el sabor de un buen puro. El alguacil Clem no. Aspiró su cigarillo a toda prisa, temiendo no llegar al siguiente.

El bajo techo atrapaba una pared de humo perfumado, sin que se pudiera escapar en ninguna dirección. La pelirroja se preguntó si los reportes sobre los daños causados por el humo de segunda mano eran ciertos. Si era así, tenía que revisar sus pólizas de seguro.

"Veo algunas cosas que otras personas se pierden", dijo Niki.

"Debe ser agradable". Clem dio una enorme bocanada. "Si alguna vez se cansa de la práctica privada, me vendría bien algo de ayuda".

"Gracias, pero disfruto lo que hago". Niki hizo un intento inútil de alejar el molesto humo. "Me gustaría hablar con usted sobre Ann".

"Bien", asintió el alguacil. "Steve me dijo que tenía una absurda teoría de que yo había matado a esa chica. Puede olvidarse de eso".

"Ojalá pudiera", dijo Niki. "Pero entonces no estaría haciendo lo correcto por mi cliente. Ella se merece mis mejores esfuerzos".

"Su cliente mató a mi sobrina. Tenemos el video de ella haciéndolo. Eso es todo lo que el jurado necesitará".

"¿Cuándo empezó la aventura?" Preguntó Niki.

"¿Qué aventura?" Clem trató de parecer sorprendido. "No sé de qué está hablando".

"Dígalo antes de que haga el ridículo", dijo Niki. "¿Creyó que no iba a notar la caja de cartas que escondió bajo su sillón cuando entré? ¿O las fotos que estaban en la estantería? ¿O las manchas de lágrimas secas en sus mejillas?"

"Eso es sólo porque quería a mi sobrina", tartamudeó Clem. "Cualquier tío en mi posición sentiría lo mismo".

"¿Entonces por qué algunas de esas fotos son selfies de usted y Ann en la cama juntos? Piense antes de responder, alguacil ".

Las lágrimas rodaron libremente por la rala barbilla. Clem cerró los ojos y se recostó en el sillón.

"Nunca podría haber hecho daño a Ann", gritó. "La quería demasiado".

"Pero ella no lo amaba, Alguacil. Eso tuvo que doler como una lanza en su corazón cuando le dijo que se iba".

La sorpresa en el rostro del anciano parecía genuina.

"¿Dónde ha oído semejante tontería?"

"Usted y Ann tuvieron una gran pelea la noche antes de que ella muriera. ¿Fue porque le dijo que no lo quería y que se iba a ir?"

No", gritó Clem. "Ella nunca dijo que se iba a ir. Esa conversación fue sobre un asunto diferente".

"Lo que significa que Ann sacó el dinero del Fondo de Invalidez sin su conocimiento", dijo Niki.

Si algún hombre podía parecer abatido, el alguacil Clem Clement era la personificación de ese hombre. La expresión "abatido" no se acercaba a la descripción de su comportamiento. Parecía que el mundo había estallado y se había estrellado a su alrededor. Luego, una inquietante calma envolvió al anciano. Miró directamente a Niki.

"No puede decir una palabra de esto a nadie. No sé cómo se ha enterado y no me importa. No puede salir de esta habitación. ¿Entiende?"

"Lo siento, alguacil. Los delegados y sus familias merecen ese dinero. Merecen saber si Ann lo malversó".

Cuando se puso de pie para salir, una mano la jaló hacia atrás.

CAPÍTULO DIECINUEVE

"Ya se lo dije", gruñó Clem. "Lo que dijo sobre Ann no va a salir de esta casa. Haré lo que tenga que hacer".

Niki apartó el hombro solo para que el alguacil hundiera sus dedos en el otro. Para un hombre de su edad, Clem demostraba una fuerza excepcional.

"No irá a ninguna parte hasta que me prometa que no dirá una palabra a nadie".

Niki giró y le golpeó el antebrazo con un pie. El impacto dolió, pero no rompió ningún hueso.

"Nadie me dirá dónde puedo ir", susurró. "Puede que sea el alguacil del Condado de West Feliciana, pero no es Dios".

Para ser un anciano con sobrepeso, Clem se movía con una velocidad sorprendente. La Glock se elevó hacia los ojos de Niki. Con la otra mano buscó en el sillón y sacó una radio de banda de la policía.

"Esto es Alfa Uno a la base", dijo. "¿Me escuchan?"

"Lo escucho alguacil. ¿Quiere más pollo frito?"

Niki se rió cuando las mejillas de Clem se tornaron

carmesí. De no ser por la pistola que le apuntaba a la frente, la situación habría sido francamente divertida.

"Acabo de oír a un merodeador", dijo el alguacil. "Realmente no quiero matarlo. ¿Puede enviar una patrulla para revisar?"

Niki esperó a que Clem dejara la radio.

"Así que es eso. Va a dispararme y alegar que intenté entrar en su casa. ¿Así es como va esto?"

Clem asintió.

"Intenté e intenté hacerla entrar en razón, pero no me escuchó. Ahora tiene que pagar las consecuencias de su terquedad".

"¿Cómo justifica esto, alguacil? Incluso alguien con un corazón tan frío como usted debe tener una pizca de decencia en algún lugar de su interior".

"Sólo hago lo que tengo que hacer", dijo Clem. "Usted haría lo mismo en mi lugar. Sé que lo haría ".

"Nunca me permitiría estar en su situación. Incluso si lo hiciera, no mataría a alguien por ello".

"Eso es fácil de decirlo para usted. Yo soy el que tendrá que devolver el fondo por la estupidez de Ann. Me llevará el resto de mi carrera reunir esa cantidad de dinero".

"Pero ha sido el alguacil durante años. Ya debe tener un nido de huevos guardado. ¿Por qué no usar algo de eso?"

"Mi mujer se llevó todo. No estaba en condiciones de luchar contra ella dada mi relación con Ann. Me dejó en la ruina".

Niki comprendió. "Y por eso Ann tuvo que robar el dinero del fondo. Se lo habría dado de buena gana si lo tuviera , pero no tenía ni dos duros para gastar ".

"Le rogué que devolviera el dinero, pero Ann estaba decidida. Yo iba a recuperar el dinero. Mi mujer tiene cáncer y morirá antes de un año. Ann no quiso esperar".

Clem se secó las lágrimas con la mano libre. La que sostenía la Glock temblaba. El extremo del cañón osciló de un lado a otro de la frente de Niki a su pecho. Las sirenas comenzaron a sonar en la distancia. La alta detective no tenía tiempo que perder.

CAPÍTULO VEINTE

Niki sacó su celular de la funda cuando Clem miró hacia las sirenas que se acercaban.

"He tenido esto encendido todo el tiempo que hemos estado hablando", dijo. "Mi amiga grabó toda la conversación".

"Me has engañado ", dijo el alguacil, con su atención dividida entre la luz del celular y las sirenas que se acercaban.

Aunque Niki lo había estado engañando, no podía echarse atrás. Tenía que subir la apuesta. "Mi amiga está en la línea con la policía estatal. No podrá salir de ésta".

"No puedo ir a Angola", se quejó Clem. "Está a sólo quince minutos de aquí y todos los presos de allí saben quién soy".

"Debería haber pensado en eso antes. Mire, aquí está la confirmación de que estoy diciendo la verdad".

Niki extendió el celular en su mano derecha unos diez centímetros, manteniéndolo bajo. Clem tuvo que inclinarse hacia delante para ver mejor, su amplia circunferencia hacía del proceso una tarea poco envidiable. En cuanto miró hacia abajo, la detective de piernas largas atacó.

Lanzó su brazo izquierdo hacia el que sostenía el arma y lo mantuvo en posición de bloqueo. La explosión reverberó en la pequeña habitación, y sólo se sumó al denso humo. Niki no se detuvo en el humo ni en el ruido. En su lugar, su pie izquierdo golpeó el esternón del hombre grande. Clem salió volando hacia atrás contra la pared. La Glock voló por el aire y aterrizó en el otro lado de la habitación.

La puerta se abrió de golpe. Dos policías de West Feliciana irrumpieron, con las armas desenfundadas.

"Disparen a la perra", intentó gritar Clem. Con el esternón aplastado, apenas pudieron oír su voz.

Niki levantó ambas manos por encima de su cabeza. Podría haber desarmado a los dos ayudantes sin problemas, pero eso habría provocado más complicaciones. Estos dos hombres estaban haciendo su trabajo. Siguiendo órdenes. Protegiendo a su jefe.

"No quería hacerle daño", dijo ella. "No quiero hacerles daño a ninguno de los dos. Si me dan una oportunidad, puedo explicarlo".

"Dije que le dispararan a la perra", dijo Clem. "Si no lo hacen, entonces no se preocupen en presentarse al trabajo mañana".

Los policías se miraron entre sí, con la indecisión escrita en sus expresiones. Ninguno de los dos había estado en una situación como ésta. Tenían facturas que pagar y bocas que alimentar, pero el alguacil les exigía que dispararan a una mujer con las manos en alto. Niki vio que habían llegado a un acuerdo. No era a su favor.

Volando por el aire, Niki le dio una patada a la pistola reglamentaria del ayudante más cercano. Aprovechando el impulso del ataque, hizo girar al agente desarmado contra su compañero. Cayeron uno encima del otro.

La detective recuperó ambas pistolas, así como la de Clem. Después de sacar los cargadores y las balas de las recámaras, les devolvió las dos pistolas a los ayudantes. Salió de la casa con la pistola de Clem.

CAPÍTULO VEINTIUNO

Cuando Niki llegó al torneo a la mañana siguiente, el detective Harris la estaba esperando en la puerta principal.

"¿No hay tartas esta mañana?" saludó al apuesto hombre.

"Cómo, no importa. ¿Tienes un minuto para hablar?"

"Claro. Voy por una taza de café y unas tostadas. Te pediría que me acompañaras, pero veo que ya has comido".

"¿Qué?" El agente se miró la corbata, el abrigo y la camisa. No vio señales de comida derramada.

"Está bien", se rió Niki. "Ojalá lo hubiera sabido. A mí también me gustan los biscuits de pollo de Popeye. Me habría unido a ti".

Se dio vuelta antes de que él pudiera responder. Luego entró y encontró una banqueta. Él la siguió tímidamente.

"¿Qué te trae a esta hora de la mañana?" preguntó.

"Primero, dime cómo haces todo eso. Es espeluznante".

"No hay nada espeluznante en ello", respondió Niki. "Utilizo los datos recolectados por lo que veo".

Harris echó otro largo vistazo a su ropa. No había nada.

"Usé tres servilletas", dijo. "Puede que haya dejado una o dos migas, pero ¿cómo sabes que son de Popeyes?"

Niki sonrió ante su incomodidad y dijo la verdad.

"Te vi tirar la taza de café en el contenedor de basura antes de que me vieras. Cuando pasé, vi una bolsa de Popeyes debajo. Luego miré tu mano derecha".

"¿Eh?" Harris se quedó mirando su mano.

"Tus dedos tienen una ligera película de mantequilla. Popeyes es conocido por sus biscuits con mantequilla. Y tú no eres de los que se quedan sin carne. Así que comiste biscuits de pollo".

"No me extraña que ganaras todo ese dinero ayer", suspiró. "Apuesto a que sabías las cartas que tenían los otros jugadores antes que ellos".

"No antes, pero si poco después. Has venido a confirmar mi historia de anoche. Esperas que haya muchos agujeros en ella para que el viejo alguacil Clem no se meta en demasiados problemas".

Harris la miró con la boca parcialmente abierta. Su boca se movió mucho antes de que salieran las palabras.

"¿Te gustaría dirigir ambas partes de esta entrevista o puedo decir algunas palabras por mi cuenta? Si es que no las conoces ya".

"Por favor, siéntete libre. Me encanta que me sorprendan", sonrió Niki.

La misma camarera cansada vino a la mesa. Niki pidió una taza de café comunitario y tostadas francesas. Harris sólo tomó café. Nike se volvió hacia él.

"La respuesta a tu primera pregunta es *no*. No quiero cambiar mi declaración de anoche".

Harris negó con la cabeza y comprobó su primer punto.

"Faltan setenta y cinco mil dólares de nuestro Fondo de

Invalidez", dijo. "Según tu declaración, Clem sabía del robo y no lo denunció. ¿Es eso correcto?"

"No creo que el alguacil lo supiera hasta después del hecho", dijo Niki.

"No importa. Si no lo informó después del hecho, eso es obstrucción a la justicia. La misma pena que si lo hubiese sabido antes".

"Junto con el intento de asesinato. Les dijo a los delegados que me mataran o se iban a quedar sin trabajo. Eso fue muy poco amable".

"¿Te dio alguna indicación de cómo pensaba resolver la situación?"

"Sería mucho más fácil si hicieras las preguntas directamente", dijo Niki.

"¿Crees que Clem mató a Ann?" suspiró Harris.

"No lo sé", respondió Niki. "No creo que haya llegado a ese punto todavía. Pero entonces, no creí que estuviera tan comprometido hasta que me apuntó con una pistola entre los ojos".

"Es reconfortante saber que no te anticipas a todo", sonrió Harris. "De lo contrario, tu vida sería bastante aburrida".

"Supongo que Clem se está arrepintiendo de sus acciones de anoche incluso mientras hablamos. ¿Estoy en lo cierto?" Preguntó Niki.

Harris asintió.

"Sin embargo, hay algo que me preocupa. Si Clem mató a Ann, ¿por qué le puso el dinero a ella? ¿Por qué no devolverlo al fondo?"

"No estaba todo ahí", respondió Niki. "Ann utilizó diez mil dólares para la cuota de inscripción. Todavía habría quedado una discrepancia si algo de ese dinero apareciera perdido".

"¿Algo más?"

"Necesitaba un objetivo fácil. Puede que no supiera lo del vídeo, pero sí lo del altercado".

Harris negó con la cabeza.

"¿Por qué cada vez que hablo contigo, sé menos que antes?"

CAPÍTULO VEINTIDÓS

Niki recuperó las fichas del cajero y se dirigió a una mesa cercana al restaurante. Pudo ver al detective Harris en la butaca tomando notas en su libreta.

Louise se sentó dos puestos a la derecha de la delgada detective. En la mayoría de las manos, la profesional actuaría antes que Niki. El torneo aumentó las apuestas a ciegas del día anterior. Cada mano empezaba con diez mil dólares de fichas en el bote antes de que comenzaran las apuestas.

En la primera mano, Louise subió la cantidad del bote. Todos los jugadores, incluida Niki, se retiraron. La escena se repitió en la segunda mano.

Cuando Louise subió la apuesta en la tercera mano, Niki y otro jugador la igualaron. La detective vio por su lenguaje corporal que Louise no tenía nada. La pelirroja esperaba engañar a los demás o pillar alguna carta buena en la repartición.

La otra jugadora era más difícil de descifrar. Jugaba de forma conservadora, teniendo al menos una carta buena antes de apostar. Su debilidad aparecía cuando ponía demasiada fe en un as. Lo llevaba hasta el final. Por la forma en que miraba sus cartas, Niki dedujo que tenía un as y una carta pequeña.

Niki sacó dos reyes. Buenas y malas noticias. Buenas, que ganarían a cualquier pareja excepto a los ases. Mala, porque las probabilidades de mejora eran escasas, justo el uno por ciento. Las tres cartas sobre la mesa reforzaron sus pensamientos.

Aparecieron el dos de tréboles, el siete de diamantes y el nueve de corazones. Un rápido vistazo le dijo a la delgada detective que esas cartas no ayudaban a ninguno de sus oponentes. Niki estaba segura de que tenía la mejor mano hasta el momento.

Louise se adelantó con una subida de veinte mil. Niki aceptó la subida e introdujo una propia por cuarenta mil. La otra jugadora tiró sus cartas al tapete con rabia. No estaba contenta de haber renunciado a un as.

Louise se enfrentó la subida como si estuviera segura de tener las cartas correctas. Al menos, sus ojos así lo mostraban. La parte inferior de su cuerpo se movía por la tensión.

El crupier dio vuelta a la reina de picas. Inmediatamente, la postura de Louise cambió. En un instante, Niki supo que la pelirroja tenía ahora una pareja. Tal vez dos. Si Louise hubiera tenido una pareja pequeña antes, habría actuado igual, sabiendo que las parejas más grandes podrían vencerla.

Cuando todo el movimiento cesó, la detective de piernas largas se dio cuenta de que su oponente tenía dos pares, superando su par de reyes.

Louise intentó extraer una mejor carta, difiriendo su opción de apuesta por el momento. Niki sintió alivio. No tuvo que decidir si apostar o retirarse. En lugar de eso, difirió su apuesta también.

Cuando tiraron la quinta carta, Niki sintió una euforia oculta. El dos de picas. Una pareja en el tablero, dando a la detective una mano mejor de la que ella suponía que tenía

Louise. La pelirroja tenía la pareja alta visible, las reinas. Además, tenía una segunda pareja. Su lenguaje corporal exudaba confianza.

"Voy con todo", dijo Louise, poniendo una pila considerable de fichas en el centro.

Los espectadores se agolparon alrededor de la mesa. Las dos pilas mayores luchaban. Si Niki igualaba la apuesta, sólo quedaría una. Cualquiera de las dos profesionales, ya sea la recién llegada o la vieja, morderían el anzuelo.

Niki dudó. Si se equivocaba, cualquier posibilidad de meterse en la piel de Louise se evaporaba. La detective repitió las imágenes de Louise después de las tres cartas sobre la mesa, la cuarta carta y la quinta carta. Entonces vio a Steve Harris en el borde de la multitud sonriendo.

"Confía en tus instintos. Son buenos", dijo.

Niki le devolvió la sonrisa e igualó la apuesta.

"Voy con todo".

CAPÍTULO VEINTITRÉS

LOUISE SALIÓ furiosa de la habitación, maldiciendo más a cada paso. La profesional había tenido una buena mano, pero no lo suficiente.

Niki seguía sentada, con la pila de fichas más grande de cualquier jugador que quedaba en el torneo. Crystal Mayes ocupaba el segundo lugar, muy por delante de los demás jugadores.

Después de que la pelirroja se marchara, Niki se puso al día con los demás jugadores. Ninguno se atrevió a desafiar sus engaños. Sus propios y patéticos intentos de engaño habían fracasado estrepitosamente. En la pausa para comer, todos menos una se retiraron, donando sus fichas a la pelirroja. Niki depositó el enorme montón con el cajero y se reunió con Steve Harris en la misma banqueta.

"Bueno, esto si es una sorpresa. ¿Te has cansado de que te diga lo que has comido y querías que estuviera aquí para el asunto real?"

"Algo así", respondió el apuesto detective. "Tengo información que puede ayudar a tu cliente".

"Entonces yo invito a comer", sonrió Niki. Tomó asiento junto a Harris. "Me vienen bien todas las buenas noticias que puedas reunir".

"¿Recuerdas que la cinta de vídeo mostraba a Carol golpeando a Ann con la mano abierta?"

"Usaste eso como pilar de tu caso", dijo Niki. "Aunque no estoy de acuerdo en que Carol tenga suficiente fuerza para matar a alguien con una bofetada".

Harris frunció el ceño. "Nunca das un respiro a un tipo, ¿verdad?"

"No tengo ni idea de lo que quieres decir", sonrió Niki. "Dijiste que tenías buenas noticias. Quiero saber si vale la pena comer".

"Como siempre, tienes razón", respondió el alto detective. "El médico forense dijo que la bofetada de Carol no pudo causar la muerte de Ann".

"Eso es digno de un almuerzo. ¿Cuándo la liberarán?"

Harris negó con la cabeza.

"No es mi decisión. Clem sigue siendo técnicamente el alguacil. Él tiene la autoridad".

"¿Cómo puede ser eso?"

"Todos los ciudadanos tienen derecho al debido proceso y a la presunción de inocencia. Clem aún no ha sido declarado culpable de nada".

"Y tener amigos en la corte lo favorece ", dijo bruscamente Niki.

Harris sólo pudo asentir.

"Mientras tanto, Carol es encasillada", la voz de Niki se elevó. "Aleluya, que buen sistema tienen ustedes aquí."

El detective de West Feliciana permaneció en silencio.

"¿Tienes idea de qué superficie dura mató a Ann?"

"Algo redondo y duro con hendiduras".

"A mí me parece un puño", dijo Niki.
Harris negó con la cabeza.
"No, a menos que haya sido de acero".

CAPÍTULO VEINTICUATRO

Al final del día, Niki acumulaba más de tres millones de fichas. Crystal quedó en segundo lugar, casi un millón por detrás. La detective de piernas largas tenía ganas de celebrarlo y recogió a Donna para ir a su restaurante favorito.

El restaurante Linda's Fish & Chicken no tenía nada de la decoración de Mansur en el Boulevard. Tampoco tenía los mismos precios. Tenía un elemento en su menú que Niki encontraba irresistible: hígados de pollo fritos cajún. El mariscal de campo de la secundaria se los hizo probar cuando aún era la capitana del equipo de porristas de la secundaria Central. A pesar de todo el maravilloso marisco que servían los grandes restaurantes de la zona, estas pequeñas pepitas de puro sabor la atraían como un imán.

Donna nunca se conformaba con un simple plato. La rubia pechugona se había convertido en una leyenda viva del establecimiento. Las apuestas cambiaban de manos en cuanto ella entraba. A menudo, el sueldo de un día cambiaba de bolsillo en función de la cantidad de comida que la joven consumía.

"Lo de siempre", dijo Niki, aunque no tenía por qué molestarse. La camarera ya había escrito un Dr. Pepper de cereza, hígados y guarniciones de gumbo y pepinillos fritos.

"Empezaré con dos hamburguesas triples con queso". Donna estudió el menú como si nunca lo hubiera visto. La camarera esperó. Ella sabía que se avecinaba más.

"Pediré dos cestas del filete de bagre, dos eslabones de boudin, una cena de pollo de cuatro piezas, pastalaya y una pequeña paella de Luisiana".

"¿Por qué una pequeña paella?" Preguntó Niki.

"Quiero dejar espacio para el postre", respondió la rubia.

"¿Y sólo dos hamburguesas triples con queso? ¿Estás recortando?"

"En realidad, no", respondió Donna. "Tengo que cuidar mi dieta. Esto es un comienzo".

"No hagas nada precipitado como pedir una ensalada", rió Niki. "No me gustaría que hicieras un cambio demasiado grande de golpe. Podrías dañar tu figura y todos los hombres de tu vida se sentirían muy decepcionados".

"Cada hombre que me interesa resulta ser gay o un asesino en serie. No gano de ninguna manera".

"Y no lo harás si dejas de jugar al juego", dijo Niki. "¿Sacaste algo en claro del caso?"

"Conozco el arma homicida, pero no sé quién la usó".

"¿Cómo lo sabes? Todavía no te he dicho lo que dijo el médico forense".

"No quería esperar por ti", dijo Donna. "Me metí en su sistema y miré. No fue tan difícil".

"¿Y?"

"Un calcetín lleno de piedras. Muchos de los jugadores de St. Francisville los usan. Son baratos y fáciles de guardar en un bolso. No se necesitan permisos".

"Ahora sólo tengo que averiguar qué calcetín mató a Ann", suspiró Niki.

CAPÍTULO VEINTICINCO

Cuando Niki regresó, había perdido dos jugadas a ciegas. Las que tuvo que pagar a los oficiales quele reservaron el puesto. Poco importó. A primera hora de la tarde, todos los jugadores menos nueve habían perdido todas sus fichas. La pelirroja mantenía el liderazgo y Crystal superaba a todos los demás. Como líder en fichas, la detective se convirtió en el objetivo de todos los jugadores restantes. Sin embargo, tenían que estar seguros antes de desafiar la enorme pila de fichas.

El factor miedo se impuso. Los ocho evitaron la confrontación con Niki y trabajaron para eliminarse unos a otros. La detective dejó que el juego se desarrollara, contentándose con ir uno a uno con el sobreviviente. Tenía una buena idea de qué jugador sería. Se hizo con algunas manos en las que sus cartas dominaban. Por lo demás, observó cómo una silla tras otra quedaba vacía.

Para su sorpresa, Steve Harris se sentó junto a la mesa, observando la acción. La verdadera sorpresa llegó momentos después, cuando Carol Robertson se sentó a su lado. La maestra de escuela sonrió de oreja a oreja. Entonces Niki recordó que el alguacil Clem era la única razón por la que Carol había sido arrestada. Sin su interferencia, la jugadora a tiempo parcial no habría pasado ni una noche entre rejas.

Cuando Carol volteó a ver, las lágrimas corrían por sus mejillas. Lágrimas de alegría. Harris ofreció un pañuelo a su nueva amiga. Eso le dio a Niki una idea; una forma de probar la identidad del verdadero asesino.

Como era de esperar, Crystal desgastó a los demás jugadores con sus incesantes apuestas. Ninguno podía intuir cuándo tenía realmente la mejor mano o engañaba. Se equivocaron más de lo que acertaron. En poco tiempo, la profesional miró al otro lado de la mesa a la única jugadora que quedaba: Niki Dupre.

El director del torneo se acercó a la mesa. Le siguieron tres fornidos guardias de seguridad, cada uno con dos carteras. Cuando volcaron el contenido, el dinero en efectivo cubría la mayor parte de la superficie. El total que iría a parar al ganador ascendía a casi tres millones de dólares, la cifra más alta jamás alcanzada por el torneo local.

Niki sonrió. Podría jurar que vio cómo se formaba la baba en las comisuras de la boca de Crystal. Esta observación se confirmó cuando la jugadora caderona buscó en su bolso un pañuelo de papel. Fue entonces cuando Niki concretó sus planes.

CAPÍTULO VEINTISÉIS

A PESAR de las ganancias de Crystal con respecto a los demás jugadores, Niki comenzó la ronda final con una ventaja considerable. Durante las cuatro primeras manos se intercambiaron las apuestas iniciales, sin que ninguna de las dos impactara en la pila de fichas de la otra. Como estaba previsto, Crystal se impacientó y presionó por la acción.

Niki intentó no sonreír. Era difícil. Su oponente era tan fácil de descifrar como los cómics de los domingos. Cuando tenía una buena mano, Crystal mantenía las cartas alejadas de su cuerpo con la mano derecha. Cuando las cartas eran más o menos buenas, pero no geniales, las sostenía con ambas manos cerca de su cuerpo.

Solo cuando intentaba engañar, la profesional ponía las cartas sobre la mesa con un montón de fichas encima.

Sabiendo esto, Niki sólo tenía que esperar la oportunidad adecuada. Se necesitaba algo de paciencia. Hasta la decimoctava mano, Crystal no engañó con una mano pobre. Puso las dos cartas sobre la mesa y colocó diez fichas de veinticinco mil dólares sobre ellas.

"Subida de doscientos mil", dijo la señora con confianza.

Niki dudó. Primero miró de nuevo sus cartas. Luego a la multitud, incluidos Steve y Carol. En su visión periférica, la detective vio que Crystal compró la acción en su totalidad. Haciendo el aumento de la apuesta.

Luego las tres cartas sobre la mesa.

Niki observó a Crystal en lugar de las cartas. Cuando el crupier reveló las tres, la detective supo que no ayudaban a la mano de su oponente.

Sin embargo, sí ayudaban a la de Niki. Tenía dos pares, una buena mano en la mayoría de las situaciones y una gran mano con sólo dos jugadores. Pero la detective solo mostró miedo y decepción con esas cartas . Cualquiera que la mirara habría adivinado que había perdido su mano por completo.

"Quinientos mil dólares de subida", dijo Crystal con más confianza.

Niki aspiró profundamente. Un jadeo. Volvió a mirar sus cartas. Luego a su pila de fichas. Luego a Crystal. La detective se frotó los dedos contra la sien. Luego apretó los dientes. Finalmente, agitó su larga melena pelirroja como la fresa.

"Igualo la apuesta", dijo ella mansamente.

Metió sus fichas de a poco, como si se estuviera despidiendo de cada uno de ellas. La reacción del otro lado de la mesa consistió en una ligera caída de hombros de Crystal. Esperaba que Niki se retirara.

El crupier reveló la cuarta carta. La reacción fue instantánea.

CAPÍTULO VEINTISIETE

El éxtasis puro se mostró en los ojos de Crystal cuando apareció el as de picas. Su alivio no podía estar equivocado. No intentó ocultarlo. Niki sabía que su oponente tenía un as, lo que le daba una pareja. Sólo podía esperar que fuera la única pareja en la mano o en el tablero.

Crystal recogió sus cartas y las sostuvo con la mano izquierda cerca de su cuerpo. Su cambio de actitud la hizo soltar la siguiente apuesta.

"Un millón de dólares".

Niki ya no tenía que actuar. Estaba realmente en un dilema. Si Crystal sólo tenía la pareja de ases, los dos pares de la mano de Niki ganarían. Una pizca de duda apareció. Los ases eran más altos que cualquiera de las parejas de la detective.

Reprodujo las imágenes de Crystal en cada momento de la mano. La detective de piernas largas sólo tenía sus poderes de observación para decidir.

"Igualo la apuesta", dijo ella.

La tensión en la sala parecía física, algo que Niki podía

sentir. Cuando el rey de tréboles llegó como quinta y última carta en la cuarta ronda , no hubo ningún sonido en la sala.

Niki no vio la carta cuando el crupier le dio vuelta. Observó a Crystal. La dama rechoncha, seguía sosteniendo sus cartas en la mano izquierda, cerca de su cuerpo. El rey no había ayudado a la profesional.

La pelirroja se limpió el ojo izquierdo. Luego el derecho. Después, un largo trago de agua, sacó un pañuelo de su bolso y se limpió los labios.

"Voy con todo", anunció Crystal con una enorme sonrisa.

Niki dudó. No porque no supiera lo que iba a hacer. La detective quería pillar a su oponente desprevenida.

"Voy con todo ", dijo la detective en un tono uniforme. "Pero primero, tengo que decirte algo. Sé que mataste a Ann Clement".

Crystal estuvo a punto de caerse de la silla. "¿De qué demonios estás hablando? Yo no maté a esa perra".

"Ambas sabemos que lo hiciste", respondió Niki. "Y puedo probarlo".

La detective se volvió y le hizo un gesto a Steve Harris para que se acercara a la mesa. Cuando se detuvo a su lado, Niki señaló el bolso de Crystal.

"Vigila esa bolsa y asegúrate de que nadie la toque".

"¿Qué es esto?" demandó Crystal . "¿Estás tratando de entretenerme porque sabes que estás derrotada?"

"Se trata de algo mucho más grande que este juego", respondió Niki. "Se trata del asesinato de Ann Clement".

"Nunca toqué a la perra", bufó Crystal.

"Estoy de acuerdo", asintió Niki. "Nunca la tocaste. Pero no se puede decir lo mismo de ese calcetín de piedras en tu bolsa. Golpeaste a Ann en un lado de la cabeza con él".

"¿Por qué iba a hacer eso? Carol ya había tomado sus fichas. Ann no era una amenaza".

"Sabías que tenía el dinero para volver a comprar. Fuiste tú quien me habló del dinero extra", dijo Niki.

"¿Y qué? Encontraron el dinero en Carol. Ella era la que tenía el dinero. No puedes culparme de esto".

"Pusiste el dinero en el coche de Carol después de que se desmayara. Apuesto a que tus huellas están en él".

Crystal parecía un animal atrapado sin ningún lugar al que escapar. Sus ojos, muy abiertos, iban de un lado a otro.

"Ella-uh-ella me mostró el dinero mientras estábamos bebiendo. Lo tomé y lo sostuve por un segundo. Mis huellas deberían estar en él".

"Gracias por admitir que tenías el dinero. El detective ya revisó y no pudo encontrar tus huellas".

"Si eso es todo lo que tiene, está en serios problemas, señora", se burló Crystal.

"Tengo más, pero primero, pido tu subida".

CAPÍTULO VEINTIOCHO

"Puedes mostrar tus ases", dijo Niki. "Las balas no van a ganar esta mano".

La boca de Crystal se abrió de golpe y su mano tardó en cubrirla. Sus ojos se abrieron de par en par. Salieron sonidos, pero no palabras. Luego cerró la boca y miró a Niki.

"En tu bolsa, tienes un calcetín con la punta llena de piedras. Supongo que el detective Harris encontrará el ADN y la sangre de Ann en él. Tal vez algunos pelos".

"¿Eh?" Crystal sonó aturdida.

"No puedes golpear a alguien tan fuerte sin llevarte un trozo de él. Células de la piel incrustadas en los puntos de tu calcetín".

"¿Quieres darme el calcetín ahora o esperar una orden?" preguntó Harris.

Crystal dudó. Estaba atrapada y lo sabía. La mujer caderona dejó escapar un largo suspiro. Miró de nuevo a Harris y a Niki.

"¿Saben por qué la maté?"

"Te has enfrentado a Ann en la final cuatro veces. Las

cuatro veces, ella te ganó. Estoy segura de que ella notó las mismas *peculiaridades* que yo".

"No tengo ningúna *peculiaridad*", dijo Crystal. "Ann siguió teniendo suerte como tú. Tal vez más. Es la persona más afortunada del mundo".

"Excepto que ella ya no está viva".

"Te daré el calcetín", dijo Crystal.

Cuando su mano salió de la bolsa, la jugadora dirigió la punta del arma casera a la cabeza de Niki. La media de piedras falló. El pie de Niki no lo hizo. Rompió los huesos orbitales alrededor de la cuenca del ojo de Crystal. La dama caderona cayó estrepitosamente.

CAPÍTULO VEINTINUEVE

"Eso fue increíble", dijo el detective Harris después de que los paramédicos se llevaran a Crystal con esposas y grilletes, aunque no fueron necesarios. "Recuérdame que nunca juegue al póker contigo".

"Vamos, ¿no te gusta un poco de desafío?" sonrió Niki .

"Un reto y un suicidio son completamente diferentes". Harris negó con la cabeza. "Además, no soy un gran jugador".

Niki asintió a Carol. "Tengo la sensación de que estás a punto de mejorar".

Harris se sonrojó y sonrió mientras se volvía para mirar a Carol. Cuando volteó de nuevo, le preguntó: "¿Qué vas a hacer con el dinero? Ahora eres una mujer rica".

"Lo era antes del torneo", declaró Niki sin alardear. "Lo donaré al Fondo de Invalidez de la Oficina del Alguacil de West Feliciana".

Ahora era el turno de Steve de esforzarsepor las palabras.

"Muchas gracias. Hará una gran diferencia ya que nunca recuperaremos todo el dinero que Ann robó".

"No hay problema", respondió Niki.

Harris miró a Carol de nuevo y se volvió hacia Niki.

Ella habló antes de que él pudiera hacerlo.

"La respuesta es no. Si no funciona lo tuyo con Carol, no iré a cenar contigo. Ya estoy comprometida".

NOTAS

Asesinato en el lago Palourde es el segundo de los tres libros de la serie de Hawk Theriot y Kristi Blocker.

Me he tomado grandes licencias literarias con la geografía y los datos de la parroquia de Santa María y de Morgan City. La Parroquia de Santa María y Morgan City son maravillosas y una gran forma de experimentar la cultura cajún. Viví allí durante más de cuatro años y me pareció uno de los lugares más deseables del mundo si te gusta el aire libre, la buena cocina y la gente extraordinaria.

Hay mucha gente a la que agradecer:

Mi familia, Linda, Josh, Dalton y Jade
David y Sara Sue
C D y Debbie Smith
Mi hermano y mi cuñada, Bill y Pam
Mi hermana, Debbie
Mi cuñada y su marido, Brenda y Jerry

La clase de escuela dominical en Zoar Baptists

Todos y cada uno de los errores, erratas y equivocaciones son culpa mía y sólo mía. Si deseas ponerte en contacto conmigo, visita mi sitio web en http://jimrileyweb.wix.com/jimrileybooks.

Les agradezco que hayan leído ***Asesinato en las cartas*** y espero que también disfruten del resto de la serie.

Querido lector,

Esperamos que hayas disfrutado leyendo *Asesinato en las cartas*. Tómese un momento para dejar una reseña, incluso si es breve. Tu opinión es importante para nosotros.

Atentamente,

Jim Riley y el equipo de Next Chapter

Asesinato En Las Cartas
ISBN: 978-4-82410-125-9

Publicado por
Next Chapter
1-60-20 Minami-Otsuka
170-0005 Toshima-Ku, Tokyo
+818035793528

24 Agosto 2021

www.ingramcontent.com/pod-product-compliance
Lightning Source LLC
LaVergne TN
LVHW041502190726
843491LV00008B/2504

* 9 7 8 4 8 2 4 1 0 1 2 5 9 *